햇살 속을 걸어갑니다

햇살 속을 걸어갑니다

시 김하진 • 사진 공현주

자유문고

시인의 말

우주는 텅 비어 있다.
인생은 그 텅 빈 우주에서
물결치는 하나의 꿈이며
시는 그 꿈의 그림이다.

우주가 아무리 텅 비어 있어도,
인생이 한 순간의 꿈일지라도,
그 텅 빈 우주 속에서
한 순간의 꿈인 인생을
가슴 벅차게 살아내는 것은
아름답다 할 수 있다.

여기 있는 시들은
그 텅 빈 우주와 꿈같은 인생에서
내 영혼이 천진한 한 때,
그리움과 사랑이 물결치던
순간들을 담아낸 스케치다.

이 시집이 나오기까지

사진과 편집 전반에

반짝이는 감성을 입히신 공현주 님,

표지디자인과 캘리를 멋지게 담아내신 김지현 님,

아름다운 인연의 두 분께 지면을 빌려

깊은 감사를 드린다.

I. 그리움

Ⅱ. 사랑

I / 그리움

그리움은 달려간다

그리움은 걸어가지 않는다
그리움은 언제나 달려간다
가쁜 숨을 몰아쉬며
눈물을 흘리며
터질 듯한 가슴으로
하늘 가득 두 팔을 벌리고
바람 같은 뜀박질로

숨이 턱에 닿도록 뛰어
마침내 님에게 이르면
나는 연이 되어 하늘을 난다
나는 새가 되어 노래를 부른다

내가 연이 되어 하늘을 나는 건
다른 이유가 아니다
내가 새가 되어 노래를 부르는 건
다른 이유가 아니다
그건 턱까지 차오른 그리움이

님을 향해 달려갔기 때문이다

그리움은 걸어가지 않는다

그리움은 언제나 달려간다

그리워하지 않을래요

그리워하지 않을래요
그럼 그리움만큼 멀어질 테니까요
바람이 산을 넘듯
그리움을 넘어갈래요
그리워하면
그리움이 산이 되어
그리움에 막힐 테니까요

그리워하지 않을래요
그럼 그리움만큼 멀어질 테니까요
바람이 강을 건너듯
그리움을 건너갈래요
그리워하면
그리움이 강이 되어
그리움에 빠질 테니까요

그리워하지 않을래요
그럼 그리움만큼 멀어질 테니까요

바람이 사막을 건너듯
그리움을 건너갈래요
그리워하면
그리움이 사막이 되어
그리움에 메말라버릴 테니까요

아무리 그리워도
그리워하지 않을래요
비가 오고
바람이 불고
천둥번개가 쳐도
그저 우리가 하나임만을
뜨겁게 새길래요

그리움에 막히지 않고
그리움에 빠지지 않고
그리움에 메마르지 않고
산 같고 강 같고 사막 같은
그런 그리움으로 나뉘지 않는
하나임을
뜨겁게 새길래요

당신이 없는 자리에서

당신이 없는 자리에 나비가 난다
당신이 떠난 봄바람을 타고 나비가 난다
당신이 추던 춤을 나비가 춘다

당신이 걷던 그 길로 나비가 춤을 추며 날아간다
당신이 가고 다시 돌아오지 않는 그 아득한 길에
해가 뜨고 지고 석양이 피고 지고
봄은 다시 오고 나비가 날지만
한번 떠난 당신은 돌아오지 않는다
그래서 나는 늘 당신을 그린다
보이지 않는 허공에 당신을 그린다

허공에 당신을 그리면서 나는 비로소 안다
당신의 미소가 얼마나 눈부셨는가를
당신의 눈빛이 얼마나 다정했는가를
당신의 손길이 얼마나 따뜻했는가를

당신이 있을 때는 보이지 않던 것을 보면서
보이는 것을 보는 것은 보는 것이 아니라는 것을
보이지 않는 것을 보는 것이 보는 것이라는 것을
봄이 오고
봄바람이 불고
나비가 날 때마다
봄길로 떠난 당신이 생각날 때마다
당신이 내안에 영원히 살아있다는 것을
나는 비로소 안다

이름 모를 님

이름 모를 님의
까만 눈동자가
젖은 내 눈에 닿았다
이름 모를 님의
가녀린 손가락이
차가운 내 심장을 만졌다
젖은 내 눈은 오랜만에
보송보송해졌고
차가운 내 심장은 오랜만에
모닥불처럼 따뜻해졌다
님의 작은 몸짓과
내 작은 설렘의 토닥임을
낮달이 빙그레 웃었다

어느 봄날
이름 모를 님과
내가 만든
짧고 깊은 만남

꽃처럼 필뿐

나는 찾지 않아
꽃처럼 필뿐
나는 손짓하지 않아
꽃처럼 필뿐
나는 기다리지 않아
꽃처럼 필뿐
나는 갈망하지 않아
꽃처럼 필뿐

바람이 다가와
나를 스치면
나는 바람과 하나가 돼
나비가 날아와
내게 앉으면
나는 나비와 하나가 돼

내가 하는 일은
그저 꽃처럼 피는 것뿐

다른 아무 것도 없어

내가 하는 일은

그저 하나가 되는 것뿐

다른 아무 것도 없어

어제처럼 오늘도

오늘처럼 내일도 ……

단풍처럼

님이 갑니다
송곳 하나 세울 곳 없는
무심한 천지간 사이로
파르란 손 여리게 내밀어
허공의 쪽문 살포시 열고
몽환 가득한 세상을 내다보며
오색 단장하던 님이 마침내 갑니다

가는 님의 깊은 옷섶엔
한여름 더위에 여한 없이 흘린 땀방울의
기억이 뜨겁게 펄떡이고
하늘을 울리던 거센 천둥과
달아오른 대지를 식히던
시원한 한줄기 소나기의 기억으로 물든
가면 다시 오지 않을 님이 마침내 갑니다

눈물과 피와 땀으로 살아온 세상살이도
돌아보니 무상한 순간의 꿈

평생을 뒹굴었던 희로애락도
알고 보니 허망한 순간의 아지랑이
양파 속 같은 세월
무에서 무로 돌아가는
아쉬운 님이 마침내 갑니다

오색 분단장 곱게 한 얼굴로
푸른 하늘에 가없이 닿은
색동 옷고름을 살며시 부여잡고
하늘에서 땅으로
생의 마지막 여정에
단아한 몸이 무심히 낙화하는
지순한 님이 마침내 갑니다

하나가 되기까지

우리가 같은 하늘 아래 산다 해도
함께하는 날은 얼마 되지 않아
우리가 함께한다 해도
마주 보는 날은 얼마 되지 않아
우리가 마주 본다 해도
손 잡은 날은 얼마 되지 않아

우리가 손을 잡고 있다 해도
마음이 하나인 날은 얼마 되지 않아

내가 이 생각을 하면
당신은 저 생각을 하고
내가 이리 가고 싶어 하면
당신은 저리 가고 싶어 하고
내가 몸을 원하면
당신은 마음을 원하고
내가 마음을 원하면
당신은 몸을 원하고 ……

그 오랜 엇갈림 속에서
우린 마침내 알았지
우리가 하나가 되기까지
끊임없는 엇갈림이 필요했다는 것을
엇갈림이 만들어낸 고통과 아픔이
나를 키우고 너를 키웠다는 것을

빗소리 같은 당신

밤새 비가 오고
세상은 빗소리로
가득 했습니다
또르르
따르르
딱
후드득 ……

세상에 다시없는
빗소리 하나하나에
세상에 다시없는
당신의 모습
하나하나가 떠오릅니다
당신의 미소
당신의 걸음
당신의 향기
당신의 숨결 ……

빗소리마다

떠오르는

당신의 모습에

나는 나를 두고

당신에게 갑니다

세상에 다시없는

빗소리를 타고

세상에 다시없는

당신에게로

추억과 나

텅 빈 하늘에 반달 하나 뜨자
반달이 뜨기 전에 없던 추억
내 마음에 반달처럼
뽀얗게 자리잡았다
텅 빈 하늘에 제비 한 마리 날자
제비가 날기 전에 없던 추억

내 마음에 제비처럼

반갑게 자리잡았다

텅 빈 하늘에 구름 하나 걸리자

구름이 걸리기 전에 없던 추억

내 마음에 구름처럼

하얗게 자리잡았다

텅 빈 하늘에 님 얼굴 떠오르자

님이 오기 전 없던 추억

내 마음에 꽃처럼

고옵게 자리잡았다

추억이 없을 때

나는 없었다

추억이 있자

그리움이 있었다

그리움이 있자

내가 있었다

그 놈 눈동자

고요한 적막을 깨고
마당을 가로질러 가던
노란 가을다람쥐의
작고 까만 눈동자

그 놈 눈동자 위를
맑게 흐르던
하얀 구름 한 점

하얀 구름 한 점에 생각난
내 삶의 그립고 진한 기억

다람쥐가 사라지자
그 놈 눈동자도 사라지고
그 놈 눈동자 위를 흐르던
하얀 구름 한 점도 사라지고
하얀 구름 한 점에 떠오른
내 삶의 그립고 진한 기억도 사라지고

기억 위에 존재했던 나마저 사라지고

존재하는 건 오로지 無

헤매임이 다하면

하늘에 매달린 구름 하나
보이지 않는 바람을 타고
끝없는 허공을 헤매고
님에게 매달린 내 한 몸
보이지 않는 사랑을 타고
끝없는 마음을 헤매고

헤매는 헤매임이 다하고
헤매는 헤매임이 멈추면
남는 것은 오로지
지난 헤매임에 대한
오래고 짙은 그리움

구름을 흔들었던
한줄기 바람과
나를 흔들었던
한 시절 사랑의
지울 수 없는 그리움

강변을 걸었지

강변을 걸었지
아무 생각 없던 당신
아무 생각 없던 나
그저 함께하는 것만이
유일한 행복이었던 우린
흐르는 강물을 보며
흐르는 세월을 따라
세상을 잊고 걸었지

강물은 소리 없이 흘러가고
세월도 소리 없이 지나가고
당신도 소리 없이 가고
나 역시 소리 없이 어디론가 가고 있지만
당신과 함께 강변을 걸었던 그 날의 추억은
밤하늘의 빛나는 별처럼
내 가슴에 깊이 아로새겨졌지

그 어떤 것도 한 순간인

허망하고 짧은 인생에서

당신과 함께 강변을 걸었던

가슴 분분했던 그 날의 추억은

평생 봄날 새싹처럼 꼬물락거리며

무정한 세월의 녹슨 기억을 뚫고 올라와

한 마리 나비처럼 내 가슴을 뜨겁게 날아다녔지

님을 만나는 길

그리움은 보이지 않게 온다
그리움이 보이게 온다면
그건 벌써 그리움이 아니다
그리움은 언제나
보이지 않게 그렇게 온다

그리움은 소리 없이 온다
그리움이 요란하게 온다면
그건 벌써 그리움이 아니다
그리움은 언제나
소리 없이 그렇게 온다

머나먼 내 님을
만나는 길은 오로지
그리움 하나뿐이기에
나는 오늘도
사랑하는 내 님을 만나러
숨죽이며

그리움을 붙든다

보이지 않고

들리지 않는

그리움을 붙든다

여명의 목소리

부채살처럼 쏟아지는
깊고 그윽한 가을비
가을비를 타고 피어나는
하얀 비안개

비안개 속에
세월을 잊은
삶의 한 때

문득 울리는
다정한 여인의
전화 목소리
"보고싶어요"

머나먼 땅과 하늘이
불현듯 한 몸이 되는
그 깊은 여명의 목소리

출렁이는 그리움

아득한 바다에 달빛이 어리는 건
오로지 거기 바다가 있기 때문이어요
아련한 기억에 님 생각이 어리는 건
오로지 거기 마음이 있기 때문이어요

아득한 바다에 달빛이 춤추는 건
오로지 거기 출렁이는 파도가 있기 때문이어요
아련한 기억에 님 생각이 춤추는 건
오로지 거기 출렁이는 그리움이 있기 때문이어요

바다에 파도가 없다면
바다는 바다가 아니어요
기억에 그리움이 없다면
마음은 마음이 아니어요

바다다운 바다엔 언제나
출렁이는 파도가 있고
춤추는 달빛이 있어요

깊고 깊어서

깊이를 헤아릴 수 없는

그런 파도와 달빛이 있어요

마음다운 마음엔 언제나

춤추는 님 생각이 있고

출렁이는 그리움이 있어요

깊고 깊어서

깊이를 헤아릴 수 없는

그런 님 생각과 그리움이 있어요

당신이 남긴 세상

세월이 당신을 데려가도
나는 당신을 보내지 않아요
삶이 당신을 데려가도
나는 당신을 보내지 않아요
망각이 당신을 데려가도
나는 당신을 보내지 않아요

나의 영원한 당신이
가끔 세상으로 나와요

투명한 아침 이슬로
깊어가는 가을의 고요함으로
겨울나무의 숨은 속삭임으로
먼 들녁의 애련한 침묵으로 ……

내 안에 당신이 그렇게 많다는 것을
나는 늘 처음처럼 깨달아요
천변만화하는 당신의 모습에
나는 넋을 잃고 바라봐요
잠시라도 당신을 놓칠까봐
결코 눈을 떼지 못해요

당신이 세상의 날개짓을 접고
영원 속으로 사라진 뒤
당신이 없는 세상에서
나는 늘 그리움을 만나요
보고 있어도 그립고
보지 못해서 그리운
당신을 향한 그리움을

사랑꽃

나는 꽃이 그립다
화장을 곱게 하고
눈매가 갸름해진
그런 꽃이 그립다

화장을 하지 않은 꽃을
꽃이라 하는 사람은
진정 꽃을 모른다

눈매가 갸름하지 않은 꽃을
꽃이라 하는 사람은
진정 꽃을 모른다

화장을 하고
눈매가 갸름해진 꽃이야말로
진정 꽃다운 꽃이다

화장을 하고 눈매가 갸름해진 꽃은

화장을 몰라 눈매가 어설픈 꽃이

갈 수 없고

볼 수 없는

아름답고 찬란한

화장세상*을 향한

쪽문을 살짝 연다

*화장세상: 청정과 광명이 구비된 이상적인 불국토를 뜻함

당신 생각

내 마음에 고인 당신 생각
산에 닿으면 산꽃이 되고
물에 닿으면 물꽃이 되고
하늘에 닿으면 하늘꽃이 된다

산도 물도 하늘도 없는
당신이 있는 머나먼 그곳엔
내 마음에 고인 당신 생각
어디에 닿아
어떤 꽃으로 피어날까

그리움으로 터지는 복사꽃이 될까
그리움으로 멍든 바위꽃이 될까
이도저도 아니면
이름도 모양도 없는
텅 빈 허공의 한 송이 바람꽃이 될까

당신이라는 바람이 불어오기를

바람이 불어와 가슴에 닿습니다
바람이 가슴에 와 닿는 모습은
이름 없는 들꽃의 향기입니다
경쾌한 잠자리의 날갯짓입니다
밤을 밝히는 반딧불이의 유영입니다

바람이 불어올 때마다 나는
들꽃이 되고
잠자리가 되고
반딧불이가 되고 ……
그렇게 내가 아닌 그 무엇이 됩니다
그렇게 나를 벗어나는 자유를 얻습니다

오늘도 나는 목을 가늘게 빼고
바람이 불어오기를 기다립니다
목마른 그리움으로 기다립니다
당신이라는 바람이 불어오기를

그래서 내가 아닌 그 무엇이 되기를

그래서 나를 온전히 벗어난 자유를 얻기를

저항할 수 없는 꿈처럼

저항할 수 없는 꿈처럼
시작된 너의 하루

저항할 수 없는 꿈처럼
저문 너의 하루

그 하루 사이
파도처럼 오고간
숱한 만남과 이별

그 하루 사이
끊임없이 울려 퍼지던
네 영혼의 교향악

그 하루 사이
그 하루 만큼
깊어진
네 영혼의 눈빛

만화처럼

난생 처음
이모 손에 이끌려
어디로 가는지도 모르는 기차를 타고
어디로 흐르는지도 모르는 물을 건너
개구리가 목이 터져라 울어대던
좁고 긴 밭두렁을 지나고 지나
도착한

어느 한적한 시골집 마루에

모기장을 쳐놓고

내 옆에 엎드려

눈을 반짝이며 만화를 보던

나의 어린 이모와

만화를 보는 이모를

만화처럼 바라보던 7살 나의

꿈에도 잊을 수 없는 한 때

오늘 따라 더

바람이 불고
풀잎이 흔들린다
바람이 불 때마다
풀잎의 흔들림은
늘
새롭다

앞의 흔들림은
뒤의 흔들림과 다르고
그것은 또
그 뒤의 흔들림과 다르고
그 어떤 흔들림도
그 앞의 흔들림과 같지 않다

바람이 불고
풀잎이 흔들린다

풀잎이 흔들릴 때마다

한 순간 나타나고
한 순간 사라지는
결코 머물지 않는
그 흔들림이 그립다

세상에 오직 하나
다시는 볼 수 없는
그 흔들림이
결코 붙들 수 없는
그 아쉬운 흔들림이
오늘따라 더

거기에서

거기에서 우린 보았지
아득히 흐르는 강과
강과 강으로 이어지는
길고 오랜 길과
들꽃처럼 길 위에 피고 진
이름 없는 많은 이들의 흔적을

거기에서 우린 나누었지
눈과 눈을 맞추고
가슴과 가슴을 맞대고
세월 속에 피고지던 이야기를
세월 속에 영글어온 이야기를
세월 속에 묻어두었던 이야기를

거기에서 우린 따뜻했지
말없이 흐르는 시간 속에서
바람과 구름과 하늘을 벗 삼아
한 잔의 차를 마시고
한 편의 음악을 들으며
세상의 온갖 시름을 잊고
행복한 한 때를 보내었지

당신이 오는 길

바람 한 점 찾아오지 않는 내 집에
나비 한 마리 왔다 갑니다
구름 한 점 머물지 않는 내 집에
다람쥐 한 마리 머물다 갑니다
길손 하나 찾아오지 않는 내 집에
고라니 한 마리 왔다 갑니다

아무도 찾지 않고 머물지 않는 내 집에도
찾아오고 머무는 것들이 늘 있습니다
기다리는 것은 오지 않고
기다리지 않는 것은 오고가는 내 집에서
나는 언제부턴가 기다림을 놓았습니다
기다림이 만드는 그리움도 놓았습니다
다 놓으니 마음이 편안합니다
다 놓으니 마음이 고요합니다

편안함과 고요함은
그렇게 나를 내려놓을 때 온다는 것을
나비와 다람쥐와 고라니를 보면서 나는 배웁니다

내가 당신을 그리워하는 마음도 그래서 놓아야 함을 압니다
내가 비워져야 편안하고 고요한 당신이 온다는 것을
기다림과 그리움은 그렇게 채워진다는 것을 나는 압니다

내가 할 수 있는 전부

새소리가 창가에 날아와 앉습니다
새소리를 실어온 바람 한 점도 창가에 앉습니다
새소리와 바람 한 점이 날아와 앉은 그 자리에
구름 사이로 고개를 내민 햇살 한 조각이 앉습니다

나는 아무도 없는 창가에 앉아
새소리와 바람 한 점과
햇살 한 조각을 따사롭게 어루만집니다
새소리와 바람 한 점과 햇살 한 조각이
내 마음 골방 가득한 삶의 먼지들을 털어냅니다
내가 그토록 털어내고 싶어도 털어지지 않던 삶의 먼지들이
새소리와 바람 한 점과 햇살 한 조각으로 다 털어집니다

오늘도 나는 아무도 없는 창가에 앉습니다
그리고 새소리와 바람 한 점과 햇살 한 조각을
이제나 저제나 목을 빼고 기다립니다
무심한 새소리와 바람 한 점과 햇살 한 조각이
얼마나 가슴 떨리는 일인지 나는 차마 말할 수 없습니다

내가 할 수 있는 것은 그저 그것들과 함께 있는 것입니다

당신과 함께 있으면 그저 가슴이 떨릴 뿐
아무 생각도 나지 않는 것처럼
아무도 없는 창가에서
새소리와 바람 한 점과 햇살 한 조각과 함께 있으면
그저 가슴이 떨릴 뿐 아무 생각이 나지 않습니다
그저 그것들과 말없이 함께 있는 것
그것이 내가 할 수 있는 전부입니다
그것이 내가 가진 행복의 전부입니다

당신이 다가와 말한 것

사는 게 힘들다고 하자
당신이 다가와 말했지
그것은 하나의 꿈이니
거기에 집을 짓지 말라고

사는 게 즐겁다고 하자
당신이 다가와 말했지
그것도 하나의 꿈이니
거기에 집을 짓지 말라고

바닷가의 모래성처럼
고통도 즐거움도
하나의 꿈이니
거기에 집을 짓고
그 집에 들어앉아
영원히 살 것처럼
미련 떨지 말라고

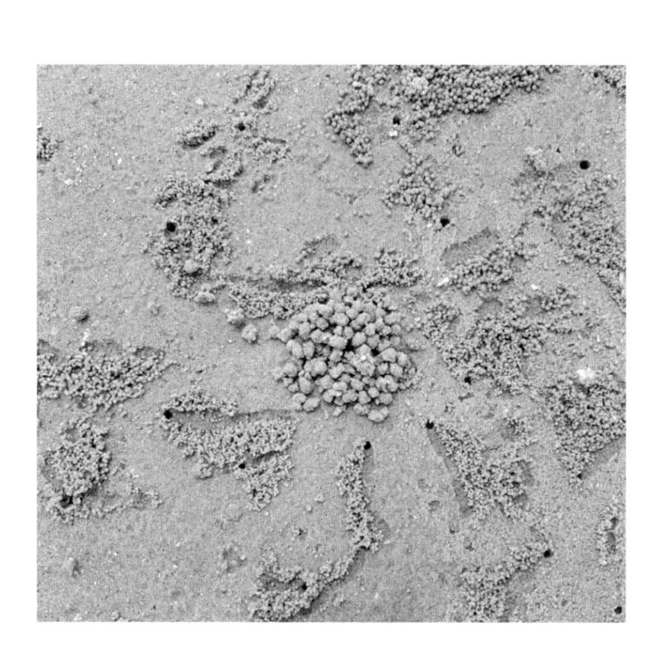

세상

안고 싶지만
안을 수 없어
당신을 안는 순간
헤어날 수 없는
늪에 빠진다는 걸
나는 알아

당신을 안을수록
당신을 갖고 싶고
당신을 가질수록
당신이란 늪에서
벗어날 수 없다는 걸
나는 너무도 잘 알아

그래서 당신을 안고 싶을 때마다
모질게 입술을 깨물며 물러서지
손짓하는 당신을 보며
유혹하는 당신을 보며

칭칭 감기는 당신을 보며
기를 쓰며 물러서지

당신이 없는 세상은
더 이상 살 수 없을까봐
당신이란 세상 속에서
마침내 죽을까봐

햇살은 서둘지 않아요

천천히 가세요
세월은 어차피 가요
당신도 어차피 가요
오직 가는 것으로 가득한 세상에
서둘러서 더할 것이 없는 세상에
뭘 그리 서두세요?

서두르지 마세요
햇살도 서둘지 않아요
바람도 서둘지 않아요
강물도 서둘지 않아요
세월도 서둘지 않아요
서두는 것은 오직 당신뿐이에요

천천히 가세요
순간의 햇살을 즐기고
순간의 바람을 즐기고
순간의 강물을 즐기고

순간에 살고 지는

영원한 당신을 만나세요

순간이 꽃피우는

영원한 당신을 만나세요

하나

바람 한 점
허공을 가득 메운다
생각 하나
내 마음을 가득 채운다

없는 데서 일어나는
바람 한 점
생각 하나
같은 것이 없는데
다른 것도 없네

하나가 모든 것을 채우고
하나가 모든 것을 흔드니
하나 보다 더 큰 것이
세상에 다시없네

징검다리

작은 징검다리 사이로
너른 강물이 흐릅니다
오랜 세월 멈추지 않고
말없이 강물이 흐릅니다

내 작은 맘골 사이로
깊은 님 생각이 흐릅니다
끝없는 세월 멈추지 않고
말없이 님 생각이 흐릅니다

말이 없다하여
강물이 멈춘 것이 아니듯
말이 없다하여
님 생각이 멈춘 것이 아닙니다
바다가 있기에 강물이 흐르듯
님이 있기에 님 생각이 흐르는 건
나도 어쩔 수가 없는 일입니다

한 포기 풀잎처럼

작은 풀 한 포기
하늘 품에
한 아름 안겨 있습니다
끝없이 너른 하늘 품에 안겨
세상 온갖 풍파에도
마음껏 풀잎을 나부끼며
한평생 충만히 살아갑니다

꽃 한 송이
하늘 품에
한 아름 안겨 있습니다
끝없이 너른 하늘 품에 안겨
세상 온갖 풍파에도
초연히 향기를 풍기며
한평생 충만히 살아갑니다

티끌 같이 작은 이 몸 하나
당신의 끝없는 품에
한 포기 풀잎처럼
한 송이 꽃처럼
한 아름 안겨 있습니다
끝없이 너른 당신 품에 안겨
세상 온갖 풍파에도
마음껏 나래를 펴고
초연히 향기를 풍기며
한평생 충만히 살아갑니다

밤이 빗물처럼

밤이 빗물처럼
곱게 내려요
내 마음 깊은 곳에
꽃다운 세월
님 그리며
설레던
내 마음 깊은 곳에
빗물 같은 밤이
곱게 내리면
조용히 들리는
바람 소리
물 소리는
손잡고 거닐던
다정한 님의 음성
아련히 빛나는
달빛
별빛은
마주보며 웃음 짓던

어여쁜 님의 눈동자

밤이 강물처럼
곱게 흘러요
내 마음 깊은 곳에
흐르는 세월
님 그리며
여며온
내 마음 깊은 곳에
강물 같은 밤이
곱게 흐르면
고요히 들리는
솔바람
새소리는
귓가에 속삭이던
그리운 님의 음성
아련히 빛나는
달빛
별빛은
마주보며 미소 짓던
정겨운 님의 눈동자

II / 사랑

첫날

하늘이 열리고
해가 뜨면 생각나는
당신이 내게 온 날
영원 속에
오직 하루
전과 후도 없이
번갯불처럼
번쩍하던
가슴 저린
촌음의 순간
당신이 처음
내 손을 잡던 날

꽃 보듯

꽃 보듯 그대를 봅니다
꽃 같은 당신을
꽃으로도 그릴 수 없는
꽃으로도 닿을 수 없는
꽃 같은 당신을

꽃 보듯 그대를 봅니다
꽃 속에 숨어 드러나지 않는 당신을
꽃을 아무리 들춰도 보이지 않는 당신을

꽃을 뒤지며 그대를 찾는
애타는 시도를 그만두자
그리도 보이지 않던 당신이
살며시 보이기 시작합니다
바람결에 향기를 날리며
바람결에 꽃잎을 날리며
춘삼월에 내리는 눈처럼
불현듯 당신이 보입니다

이제서야 나는 압니다

찾으려 하면 찾지 못하고

찾지 않으면 보이는

가까워지면 멀어지고

멀어지면 가까워지는

꽃 같은 당신의 비밀을

이제서야 나는 압니다

읽어줄까요?

읽어줄까요?
내 마음을

듣고싶나요?
살아온 내 세월을
말과 글로 다할 수 없는
그 굴곡진 인생의 페이지를

강을 건너며 울었고
산을 넘으며 힘겨웠고
사막을 지나며 애탔던
그 오래고 아픈 이야기를
정말 듣고 싶나요?

차마 못 이겨 마침내 읽는다면
변변치 않은 내 이야기가
깊고 푸른 당신의 가슴에
영원히 지지 않는
한 송이 꽃이 될까요?

꽃이 되었다

아주 오랜 세월
나는 꽃을 벗했다
꽃이 자라고
꽃이 피고
꽃이 지고
꽃이 흙으로
돌아갈 때까지
아주 오랜 세월
꽃을 벗했다

꽃의 아픔과
꽃의 슬픔과
꽃의 기쁨과
꽃의 환희를
아주 오랜 세월
함께 했다
그러다 나는
꽃이 되었다

본래 나는 꽃이 될
생각이 전혀 없었다
꽃을 벗하다
나도 모르게
꽃이 되었다

정말 함께하면
함께하는 것이
내 안에 들어와
꽃이 된다는 것을
꽃이 된 뒤에
나는 비로소 알았다

불멸의 당신

생각 사이에 스미는 당신
생각 사이에 머무는 당신
생각 사이에 춤추는 당신
생각 사이에 웃는 당신
생각 사이에 우는 당신
생각 사이에 떠도는 당신
생각 사이에 소멸하는 당신
생각 사이에 태어나는 당신

생각이 있든 없든 늘 있는 당신
생각을 넘어서 늘 하나인 당신

내 피를 끓게 하고
내 피로 붉게 물든
불멸의 당신

내 님의 사랑

내 손을 만지던
포근한 님의 손
내 손에 느껴지던
따뜻한 님의 온기
내 손에 남은
행복한 님의 추억

날이 가고
달이 가도
차지 않고
기울지 않고
새록새록
새로워지는
내 님의 사랑

세 갈래 길

흐르는 강물에 말없이 닿은 발길
아득한 하늘에 끝없이 닿은 눈길
그리운 님에게 간절히 닿은 손길

닿아도 닿은 흔적 보이지 않고
닿아도 닿은 순간 보이지 않고
닿아도 닿은 마음 보이지 않는

금요일 오후 2시
어느 강변
영원히 새겨진
내 마음의 세 갈래 길

해가 비치는 창가에 앉았지

해가 비치는 창가에 앉았지
두 개의 찻잔을
작은 탁자에 올리고
두 개의 찻잔 사이에
빵 한 조각을 올리고
찻잔과 빵 사이에
당신과 내가 맞닿은 마음을 올리고
그렇게 해가 비치는 창가에 앉아
오래고 긴 이야기를 나누었지

햇살의 이야기

강물의 이야기

바람의 이야기

허공을 비상하던

한 마리 매의 이야기

햇살과 강물과 바람과 매가 만든

한 폭의 수채화 같은 이야기

세월이 가도

사라지지 않는 이야기

세월이 갈수록

나이테처럼

깊어가는 이야기 ……

해가 비치는 창가에 앉아

그렇게 우리는

오래고 긴 이야기를 나누었지

뭐 하세요?

뭐하세요?
일 없이 있습니다
하늘도 일 없이 있고
땅도 일 없이 있고
저도 일 없이 있습니다

일 없이 뭐하세요?
하늘에 몸을 기대고
땅에 몸을 붙이고
바람에 몸을 싣고
세월 따라 흐릅니다

일 없이 흐르다
님을 만났습니다
님을 알기 전엔
어디에도 없던 님이
님을 알고 나니
도처에 님입니다

풀잎 하나에도 님이
빗물 한 방울에도 님이
햇살 한 조각에도 님이
바람 한 점에도 님이 ……!

알기 전엔 없던 님이
이토록 많을 줄은
예전엔 미처 몰랐습니다

이해하기 어렵습니다

작은 새 한 마리가 지저귑니다
넓고 넓은 세상을 두고
손바닥만한 내 집에 날아와 지저귑니다
작은 새를 물끄러미 보며
나는 작은 새 같은 당신을 생각합니다
왜 많고 많은 사람을 두고
보잘 것 없는 내게 당신이 왔는지
나는 정말 이해하기 어렵습니다

세상은 아득히 넓고
사람은 무수히 많고
나는 너무나 작은데
그 넓고 넓은 세상에서
그 많고 많은 사람들 속에서
당신과 나의 기막힌 만남은
정말 이해하기 어렵습니다

그래서 나는 항상 묻습니다
당신이 내 앞에 있어도
당신이 내 앞에 없어도
당신이 내 품에 있어도
당신이 내 품에 없어도
나는 늘 묻습니다
당신은 누구신지?
이 기막힌 만남이
어찌 가능할 수 있는지
나는 늘 말없이 묻습니다

당신은 그런 나에게
왜 자기만 보면 웃느냐고 합니다
왜 웃다가 심각해지느냐고 합니다
나는 그럴 수밖에 없습니다
당신과 나의 만남은
저절로 나를 웃게 하고
저절로 나를 심각하게 합니다
이 넓은 세상에
우리 둘의 만남이 너무 묘해서
웃다가도 심각해질 수밖에 없습니다

그쵸?

음악을 들으면
나와 듣고 싶죠?
커피를 마시면
나와 마시고 싶죠?
꽃을 보면
내게 주고 싶죠?
길을 걸으면
나와 걷고 싶죠?

아침에 눈뜨면
내가 생각나고
하루를 마치면
내게 달려오고 싶고
뭘 하든 어디에 있든
내가 그립죠?

꽃잎이 꽃을 그리워하듯
달빛이 달을 그리워하듯
있어도 없는 듯 그립고
없으면 더 더욱 애달파
순간이 영원처럼
내가 그립죠, 그쵸?

말하지 말고 말해 봐요

말하지 말고 말해 봐요
봄빛 내리는 플라타너스 사이로 불어오는
싱그러운 바람처럼
사랑을 타고 온 님 마음을

말하지 말고 말해 봐요
한여름 목마른 대지를 적시는
시원한 소나기처럼
사랑에 빠진 님 마음을

말하지 말고 말해 봐요
들리듯 들리지 않는
갈대의 깊은 속삭임처럼
사랑에 사무치는 님 마음을

말하지 말고 말해봐요
겨울 삭풍 견디며
달빛 별빛 아래서 피는

고고한 매화처럼
사랑으로 피어난 님 마음을

말하는 사람은 알지 못하고
말하는 사람은 하지 못하는
정다운 눈빛
떨리는 입술
뜨거운 가슴
애틋한 손길
더는 더할 수 없는
님의 몸짓으로

그렇게 왔어요

당신은 그렇게 왔어요
얼어붙은 겨울땅을 녹이며
세상에 생명을 불어넣는
따사로운 봄볕처럼

당신은 그렇게 왔어요
깊고 어두운 밤의 베일을 걷고
삶에 지쳐 잠든 대지의 생명들을
정겹게 일깨우며
동트는 아침을 알리는
빛나는 새벽별처럼

당신은 그렇게 왔어요
거친 비바람 견디며
강인하고 여린 몸사위로
삭막한 세상을
푸르고 아름답게 가꾸는
겸손하고 부드러운 풀잎처럼

당신은 그렇게 왔어요
드높은 하늘을 날던 바람이
눈부신 햇살을 타고 내려와
푸른 강물로 곱게 빚어낸
반짝이는 금빛 물결처럼

당신은 그렇게 왔어요
하나의 가슴이
다른 가슴을 만나는
지워지지 않는 영원의 순간
나와 함께 춤추기 위해
아득하고 오랜 세월의 강을
저미며 저미며 건너왔어요

이중주

까만 밤에 사랑하는 님을 만났네
밤하늘이 별빛을 만나듯
아스라이 님을 만났네
평생 님 그리며 살아온 세월
할미꽃처럼 고개 숙이며 지나온 세월
님을 만나 밤하늘을 올려다보고
거기에 님이 눈부신 별빛으로 있음을 알았네

까만 밤에 사랑하는 님을 만났네

풀잎이 이슬을 만나듯

영롱하게 님을 만났네

평생 님 그리며 살아온 세월

몸 하나 둘 곳 없어 바람처럼 떠돌던 세월

님을 만나 여린 풀잎을 들여다보고

거기에 님이 해맑은 이슬로 있음을 알았네

까만 밤에 사랑하는 님을 만났네

매화가 달빛을 만나듯

고즈넉히 님을 만났네

평생 님 그리며 살아온 세월

잔설처럼 사라지는 모든 것이 서럽던 세월

님을 만나 꽃을 바라다보고

거기에 님이 아련한 달빛으로 있음을 알았네

까만 밤에 사랑하는 님을 만났네

어깨에 맨 긴 하루

꿈인 듯 내려놓고

하늘과 땅 사이

단 하나

외로운 둥지에 깃드는

한 마리 작은 새처럼

그 까만 밤에 사랑하는 내 님을 만났네

이봐요 !

이봐요 !
그러지 말아요
운명이라 여기고
팔자를 탓하며
물 흐르는 대로
살지 말아요

꽃이 피고 지듯
사랑도 피고 지고
이 세상 뭐든
다 한 때니
어떤 것에도
연연해하지 않는다고
나는 잘 산다
말하지 말아요

하늘과 땅이 닿듯
님과 나는 그렇게 닿았어요
세월이 가고 또 가도
하늘과 땅이 떨어질 수 없듯
님과 나는 떨어질 수 없어요

이봐요 !
그러지 말아요
하늘과 땅이 하나이듯
그렇게 하나가 된 우릴
덧없는 세월의 한 때로
가볍게 여기지 말아요

해와 햇살처럼
별과 별빛처럼
하나인 우릴
대신할 수 있는 건
그 어디에도 없어요

무슨 말인지
알죠 ?

산과 물

산 깊은 곳에 이르면
구름이 산을 베고 누워있어요
산을 베고 누운 구름은
산을 안고 산과 하나 되어
산과 깊은 사랑을 나누어요

물 깊은 곳에 이르면
바람이 물을 베고 누워있어요
물을 베고 누운 바람은
물을 안고 물과 하나 되어
물과 깊은 사랑을 나누어요

뜨거운 사랑을 나눈 산과 구름은
마침내 뗄 수 없는 사이가 되어요
뜨거운 사랑을 나눈 물과 바람은
마침내 뗄 수 없는 사이가 되어요

깊은 산엔
풀잎마다
산과 구름의 사랑이 남긴
맑은 이슬이 맺혀요

깊은 물엔
물결 마다
물과 바람의 사랑이 남긴
하얀 파도가 일어요

산 깊고 물 깊은 곳에 이르면
산과 물이 남긴
이슬과 파도가
무심한 세월
맑고 하얗게
꽃피어 있어요

꿈인 듯 생시인 듯

꿈인 듯 생시인 듯
아득한 세월을 흘러
그댈 만났네

산이 산을 벗하고
구름이 구름을 벗하고
바람이 바람을 벗하는 곳에서
지친 몸과 마음으로
꿈 같고 생시 같은
그댈 만났네

언제나 열려있는 그대의 정원엔
한 잔의 커피
이름 모를 꽃향기
달콤한 음악이 넘실대고
세월에 낡아버린 몸과 마음은
꿈 같고 생시 같은
아름다운 그대의 정원에서

천국의 평화를 맛보았네

오는 이 막지 않고
가는 이 잡지 않고
강물처럼 유유하게
바람처럼 자유롭게
산처럼 변함없이
그댄 늘 그곳에 있고
나는 꿈인 듯 생시인 듯
그댈 만났네

도화

눈부셨다
투명한 아침 이슬을 맞으며
말갛게 피어난 너의 꽃다운 모습이

화사했다
하늘과 땅 사이

아득하고 막막한 허공에 드러난
햇살 같은 너의 연분홍 자태가

요염했다
바람이 불 때마다
하늘하늘 몸을 흔드는
너의 가녀린 몸짓이

도도했다
땅에서 나지만
땅에 속하지 않고
바람에 지지만
바람에 지지 않으려는
너의 당찬 미소가

사랑했다
잡아도 차마 잡을 수 없고
놓아도 차마 놓을 수 없는
애절한 맵시로
세상을 수놓는
감미로운 너를

세월이 가도

세월이 가도
나이를 먹지 않네요
당신은

세월이 가도
나이를 먹지 않네요
나 역시

그럴 수밖에 없어요
내 앞에서
당신은 늘 소녀이고
당신 앞에서
나는 늘 소년이고
세월이 가도
그건 변함없으니까요

세월이 가도
봄은 늘 봄이듯
세월이 가도
별은 늘 별이듯
우린 늘 그대로이니까요

벌써 오랜 세월
그걸 확인했죠
우리 사이엔
세월도 나이도 없다는 것을
우리 사이엔
그저 우리밖에 없다는 것을
사랑하는 사람 사이엔
사랑 외에 다른 것이 없다는 것을

그 날이 오면

그 날이 오면
기다림에 지친 숱한 날들을
까맣게 잊고
그저 눈물 젖은 눈으로
당신 품에 안기겠지요

꿈에도 그리던 당신 품속에선
별을 보며 사막을 건너는
낙타의 방울소리가 들리고
남극의 밤을 밝히는
백야의 오로라가 번쩍이고
벵갈의 아기코끼리가
물을 뿌리며 춤추고 ……

신명나는 당신의 무용담에
넋을 잃은 나를
너른 두 팔로 뜨겁게 안고
부드럽고 떨리는 목소리로

당신은 가만히 말하겠지요
내가 어디에 있든
너와 늘 함께라고
지나간 날들은 다 순간이며
지금 이 순간은 영원이라고

오늘도 나는
그 날을 기다려요
평생을 애타게
기다려온
사랑하는 당신이
내게로 난
오랜 길을 따라
마침내 내게 이르는
그 가슴 벅찬 날을

첫 키스

눈앞은 온통 별이었다
셀 수 없는 많은 별들이 일제히
나를 바라보며 반짝이고 있었다
순간
나는 숨이 가빠왔고
입술이 말라왔고
심장이 두근대기 시작했고
몸은 허둥대기 시작했다

보석처럼 빛나는 별들이
나를 향해 미소짓고 있었지만
몸이 허둥댈수록
별은 더 멀어지기만 했고
별이 멀어질수록
맘은 까맣게 타기만 했고
맘이 탈수록
나는 한없이 작아지기만 했다

끝내 내가 한 일이라곤

그저 바보처럼

별을 하염없이 바라보는 것이었다

그저 바보처럼

별이 다가오기를 바라는 것이었다

눈앞의 별들이 은하수가 되고

은하수가 밤하늘을 뒤덮고

그 하늘이 하얗게 새도록

햇살 속을 걸어갑니다

햇살 속을 걸어갑니다
바람에 실려온 햇살이
당신의 맑은 미소처럼
화사하게 나를 바라봅니다
바람에 실려온 새소리가
당신의 맑은 목소리처럼
감미롭게 나를 휘감습니다
바람에 실려온 물소리가
당신의 맑은 눈빛처럼
투명하게 나를 적십니다

살아도 살아도 잊혀지지 않는

지워도 지워도 지워지지 않는

당신의 맑은 미소

당신의 맑은 목소리

당신의 맑은 눈빛은

햇살 속에 또 하나의 햇살을 만들고

길 위에 또 하나의 길을 만들고

이젠 당신이 만든 그 길을 따라

내 길이 된 당신을 따라

햇살 속을 걸어갑니다

어찌하여

어찌하여

이리도

눈부시나요?

당신의 환한 미소가

내 평생

그런 눈부신 미소

마주한 적 없어요

어찌하여

이리도

정답나요?

당신의 하얀 손이

내 평생

그런 정다운 손

쥐어본 적 없어요

어찌하여
이리도
포근하나요?
당신의 깊은 품이

내 평생
그런 포근한 품에
안겨본 적 없어요

어찌하여
이리도
설레이나요?
당신의 따뜻한 눈빛이

내 평생
그런 설레이는 눈빛
받아본 적 없어요

어찌하여

이리도

행복하나요?

내 평생

그런 행복한 기분

느껴본 적 없어요

달이 없는 달빛이 없듯이

별이 없는 별빛이 없듯이

그 모든 것이

다

당신이 있어서

가능했어요

다

당신 덕분이에요

감사해요!

내가 살고 싶은

하늘이 내려와
대지에 닿습니다
대지는 하늘을 한껏 품고
푸르름을 얻습니다
대지가 푸르러 지는 건
오로지 하늘이
대지에 닿기 때문입니다

당신이 다가와
내게 닿습니다
나는 당신을 한껏 품고
행복을 얻습니다
내가 행복한 건
오로지 당신이
내게 닿기 때문입니다

메마른 대지가 푸르러지고
고독한 내가 행복해지는 건

오로지 거기
닿음이 있기 때문입니다

나는 닿음이 없는 세상은
살지 않기로 했습니다
오로지 닿음이 있는 세상을
살기로 했습니다

하늘이 닿아
땅이 푸르러지듯
당신이 닿아
내가 행복해지듯
닿음이 있는 세상이
내가 살아야 하는 세상
내가 살고 싶은 세상입니다

동행

밤이 길게 누운
깊고 고요한 산
달빛 하나로 환해요
밤 깊은 산을
오래 걷다보니
달빛만한 동행이
세상에 다시 없네요

고독이 길게 누운
깊고 여린 내 마음
님 하나로 환해요
여울진 인생을
오래 살다보니
님만한 동행이
세상에 다시 없네요

비는 당신처럼

비가 옵니다
당신의 눈길이 내게 닿듯
그윽하고
아련하고
깊고깊게

비가 옵니다
당신의 음성이 내게 닿듯
투명하고
부드럽고
감미롭게

비가 옵니다
당신의 손길이 내게 닿듯
따뜻하고
포근하고
황홀하게

비는 당신처럼
당신은 비처럼
그렇게 옵니다

해바라기가 되어

해바라기가 해를 향하듯
나는 님을 향해 있습니다
하루 종일
내 안에서
내 옆에서
내 뒤에서
꽃잎처럼 짓던 님의 웃음과
꽃잎처럼 피던 님의 몸짓과
꽃잎처럼 흐르던 님의 노래와
꽃잎처럼 찬란하던 님의 눈동자가
님이 곤히 잠든 이 밤
지지 않는 해가 되어 나를 비추고
나는 활짝 핀 해바라기가 되어
님을 황홀하게 바라봅니다
내 안에서 잠든 님을
내 옆에서 잠든 님을
내 뒤에서 잠든 님을
어디에나 계신 내 님을

봄날의 꿈

님이 오셨다
한줄기 바람처럼

살짝 머물다
살짝 가셨다
한줄기 바람처럼

들리던 목소리와
보이던 모습도
봄날의 꿈처럼
머물지 않았다

만남과 이별에
목이 메여
서러운 눈 감고
가만히 누우니
어느새 님이
소리 없이
내 옆에 계셨다

아! 님은 오신 것도
가신 것도 아니었다
만남과 이별은
그저 내 마음의 장난이었다
그건 그저 봄날의 꿈이었다
님은 항상 내 옆에 있었다

애호박

하늘은 더없이 맑았고
땅은 더없이 푸르렀고
밭은 잡초 천지였다
잡초를 헤치며
님이 좋아하는
애호박을 찾아다녔다
8월의 태양은 뜨거웠으나
애호박을 찾는 내 마음은
태양보다 더 뜨거웠다

끝없는 헤매임 끝에
풀숲에 깊이 숨은
애호박 하나가 눈에 띄었다
온 몸이 땀으로 범벅이 된 나는
반가움과 감격에 떨며
애호박을 품에 안았다
오래고 머나먼 세월 끝에
사랑하는 님을 품에 안 듯

가난한 밥을 먹었다

사랑하는 님과 함께
밤 늦은 시간
편의점에 갔다
가난한 밥을 먹으러

거기엔 온갖 종류의
가난한 밥이 있었고
그 모습에
내 눈은 황홀해졌다

님은 능숙하게
국밥 두 개를 사고
거기에 밥을 넣고
뜨거운 물을 붓고
국밥이 알맞게 익을 때를 기다려
노련하게 숟갈을 놀리기 시작했다
나도 님을 따라
어설프게 숟갈을 놀리기 시작했다

숟갈 하나

젓가락 하나

국밥 하나인

가난한 밥엔 국경이 없었다

두 개의 숟갈은 수시로

서로의 국밥을 넘나들었고

가난한 밥을 먹는 일은

너무도 즐겁고 신선하였다

그리고 나는 깨달았다

편의점에서 먹은 그 가난한 밥처럼

님과 나의 나날은 늘 즐겁다는 것을

님과 나의 사랑은 늘 신선하다는 것을

가난보다 더한 풍요는 없다는 것을

신발끈을 묶습니다

신발끈을 묶습니다
내 맘의 푸른 대지에
깊고 곱게 발을 들인
당신의 신발끈을
떨리는 두 손으로

주홍빛 운동화에
가늘게 달린 하얀 끈은

한 조각 흰 구름처럼
내 맘의 푸른 하늘을
둥실거리고
한 마리 흰 나비처럼
내 맘의 푸른 하늘을
나풀거립니다

언제나 그래요
주홍빛 운동화에
하얀 신발끈을 묶을 때마다
그 신발을 신고 나서는
어여쁜 당신을 배웅할 때마다
내 맘의 푸른 하늘엔 언제나
흰 구름이 둥실거리고
흰 나비가 나풀거리지요.
당신이 알든 모르든
나는 그렇습니다

그가 "응"이라 말할 때

내가 말을 건네면

그는 늘

"응"이라 말해요

비가 오고

바람이 불고

날이 가도

달이 가도

내가 말을 건네면

그는 늘

"응"이라 말해요

"응"이라는

그의 음성이

깊고 따뜻하게

내 귀를 울릴 때

"응"이라는

그의 음성이

깊고 따뜻하게

내 안에 출렁일 때

언제나

어두운 하늘이 열리고

달빛 별빛이 쏟아져요

그가 "응"이라 말할 때

김하진 (본명 : 김명주)

고교에서 불어교사로 재직 중 1994년 자유문학(12회) 희곡부문 신인상 수상으로 극작가로 등단하였고 2017년 노작문학상(희곡)을 수상하였다. 2019년 자유문학(113회) 시부문 신인상 수상(2회 추천 완료)으로 시단에 나왔다.
오랜 명상수행의 결실로 불면증 치유의 근본적 해법을 담은 『불면증, 즉각 벗어날 수 있다』를 출간하였고, 명상육아서 『내안에 등불을 든 아이』가 있다.
현재 27년간 근무한 학교를 떠나 봉화산골에서 농사를 지으며 명상수행과 작품활동을 하고 있고, 하라명상치유의 집을 지어 불면증으로 고생하는 분들을 돕는 일을 병행하고 있다.

e-mail : moiet@hanmail.net

햇살 속을 걸어갑니다

초판 1쇄 인쇄 2019년 10월 17일 | **초판 1쇄 발행** 2019년 10월 24일
지은이 김하진 | **사진** 공현주 | **펴낸이** 김시열
펴낸곳 도서출판 자유문고
(02832) 서울시 성북구 동소문로 67-1 성심빌딩 3층
전화 (02) 2637-8988 | **팩스** (02) 2676-9759
ISBN 978-89-7030-142-6 03810 값 14,000원
http://cafe.daum.net/jayumungo (도서출판 자유문고)